8° Ye
9265

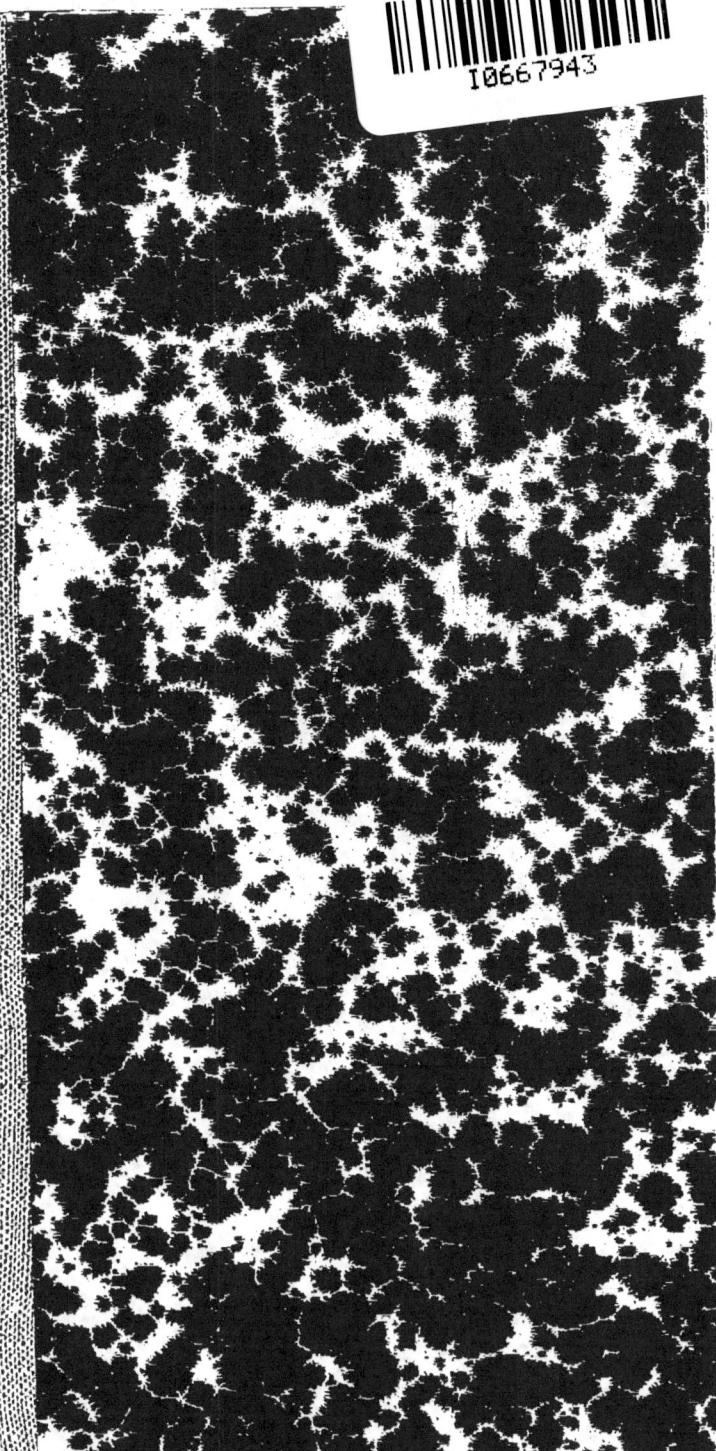

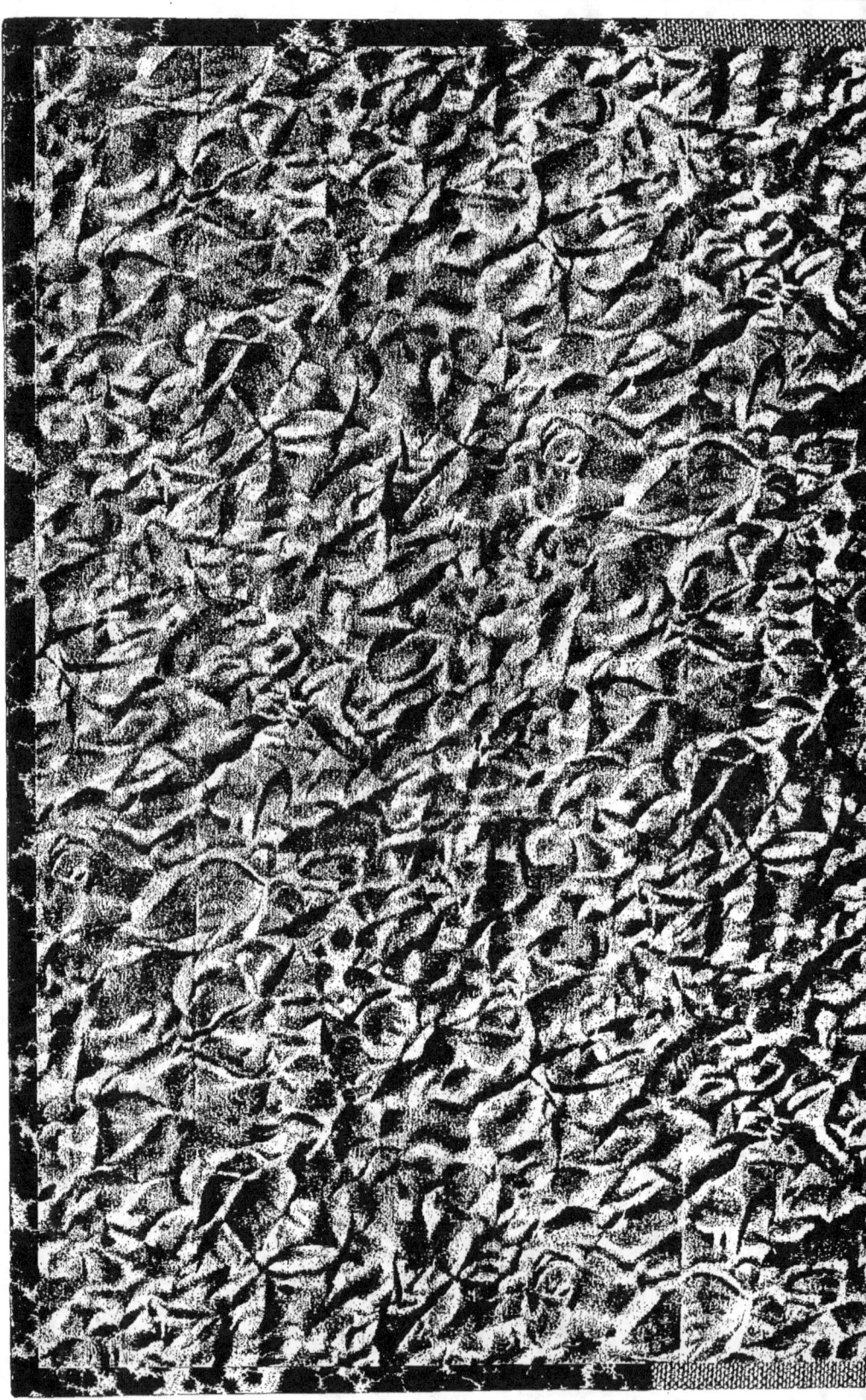

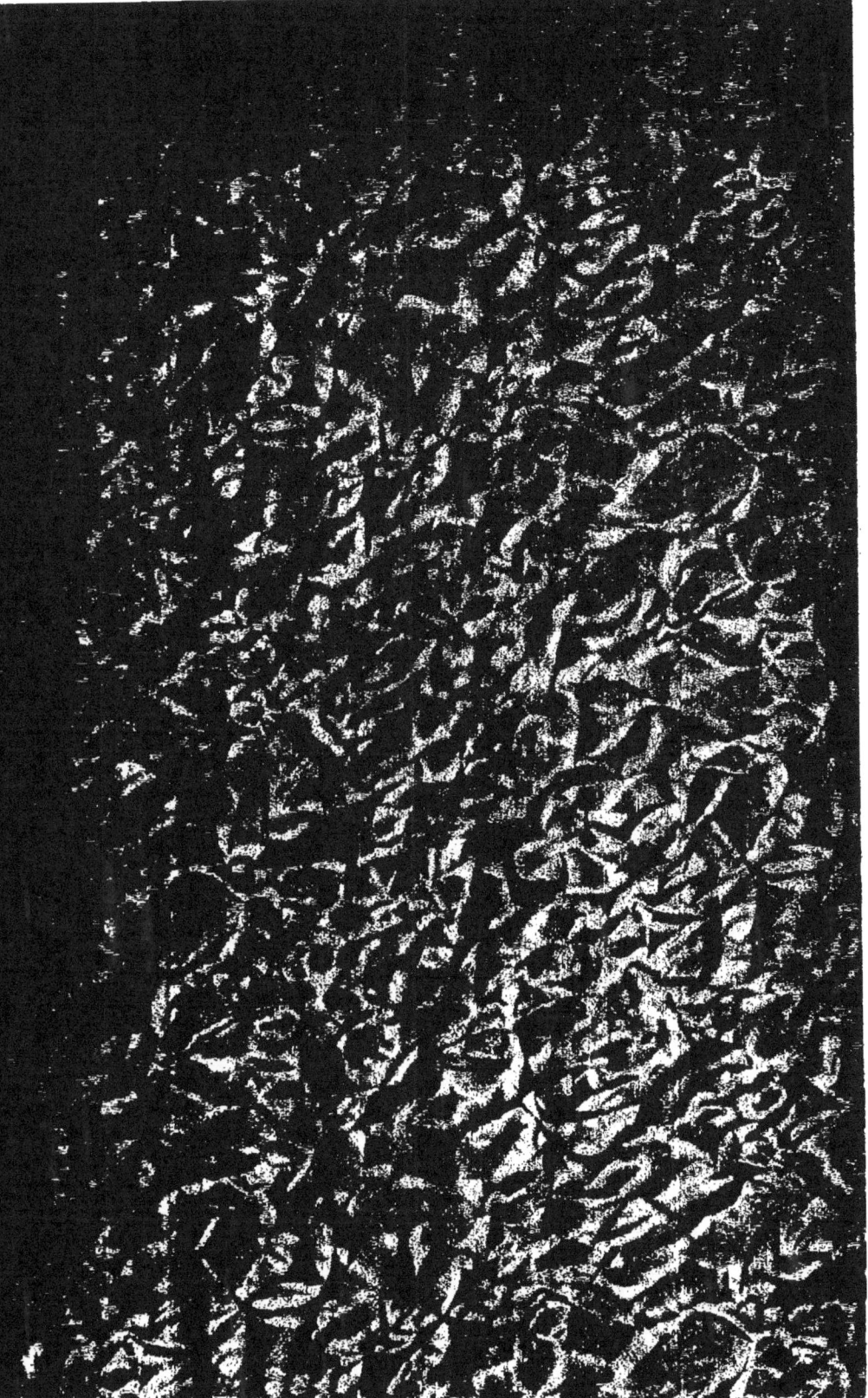

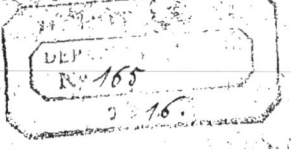

e
265
DÉPÔT
N° 165
1916.
BIBLIOTHÈQUE NATIONALE
RF

St-Lieut^t LOUIS MENAGÉ
TOMBÉ AU CHAMP D'HONNEUR
LE 3 OCTOBRE 1914

PIEUSEMENT POUR LA PATRIE

1912-1914

AVEC
UNE LETTRE-PRÉFACE
DE L'AUTEUR DE " LA TERRE DIVINE "

PRIX : UN FRANC

AU PROFIT DE " LA MAISON DU SOLDAT " DE VERNEUIL
ET DU PAIN DES PRISONNIERS DE GUERRE

1916

*Le présent recueil a été honoré
d'une souscription de la Société
des " POÈTES FRANÇAIS "*

LOUIS MENAGÉ

COMITÉ DE PUBLICATION
DE L'ŒUVRE DE LOUIS MENAGÉ

❧

MM.

THÉODORE BOTREL	Président
STOREZ, Président des *Amis de Verneuil* .	Vᶜᵉ-Présᵗ
GUSTAVE ZIDLER, Professeur Agrégé de l'Université au Lycée de Versailles. .	Secré" Gˡ
L'ABBÉ ᴅᴇ BOURNONVILLE, Aumônier de la Marine	Membre
OUDIN, Maire de Verneuil	Membre
DIDIER, Sculpteur-Marbrier à Versailles .	Membre
THÉOTISTE LEFÈVRE, Directeur des Imprimeries Firmin-Didot, au Mesnil-sur-l'Estrée	Membre
AUBERT, Imprimeur-Editeur à Verneuil .	Membre

❧

S^t-L<small>IEUT</small>^t LOUIS MENAGÉ

<small>TOMBÉ AU CHAMP D'HONNEUR</small>

<small>LE</small> 3 <small>OCTOBRE</small> 1914 ═══

PIEUSEMENT

POUR LA PATRIE

1912-1914

AVEC

UNE LETTRE-PRÉFACE

DE L'AUTEUR DE " LA TERRE DIVINE "

PRIX : UN FRANC

AU PROFIT DE " LA MAISON DU SOLDAT" DE VERNEUIL

✍ ✍ ✍ ET DU PAIN DES PRISONNIERS DE GUERRE ✍ ✍ ✍

LETTRE-PRÉFACE

✌⁂

A l'auteur des *Chants du Bivouac*,
M. Théodore BOTREL,
Président du Comité de Publication.

✌⁂

Mon cher Président,

Au lendemain de la mort héroïque du sous-lieutenant Louis
Menagé, *plusieurs amis du jeune poète vernolien se sont groupés
pour honorer son souvenir par la publication d'un livre de « Reli-
quiæ ». Sachant qu'un concours heureux de circonstances m'avait
permis de devenir son confident et son conseiller littéraire, le Comité
a bien voulu me confier la mission de racheter ses manuscrits, dont
la famille ne pouvait disposer, et dans ces manuscrits, devenus notre
propriété, de choisir et de classer ses meilleurs vers. Ces pieux devoirs
remplis, je vous rapporte la gentille gerbe, dont je viens de glaner
les épis sur le sillon trop tôt abandonné par le vaillant ouvrier, et
que nous pouvons lui consacrer, enlacée des Trois Couleurs qu'il a
aimées de toute son âme. Aussi bien nous semble-t-il juste que ce
recueil se présente au public sous les auspices de l'auteur des* Chants
du Bivouac, *de celui qui, quelques mois seulement avant la guerre,
approuvait si chaudement la candidature de Louis Menagé à la*

Société des Gens de Lettres en se portant garant de son talent et de son caractère.

Sans doute un destin trop court n'a pas laissé le temps à Louis Menagé de réaliser tout ce qu'avaient rêvé son courage et son fervent patriotisme. Mais de ce que sa haute valeur morale était capable de lui faire accomplir, nous ne pouvions douter. Personnellement, j'avais su l'apprécier dès notre première rencontre qui ne remontait guère qu'à février ou mars 1913. Je ne puis me rappeler sans émotion de quelle manière les hasards du voisinage et d'un exemplaire de la Revue des Poètes, tombé sous ses yeux avec mon nom, rapprochèrent le jeune ouvrier-sculpteur et le vieil universitaire dans le même culte des Muses. Comment n'eussé-je pas accueilli avec empressement cet apprenti de la plume, qui depuis l'âge de seize ans jusqu'à vingt-sept n'avait manié que le ciseau, et qui, tout à coup frappé au cœur par un malheur immérité, en demandait stoïquement à la poésie les consolations et l'oubli ? Peut-être les premiers essais qu'il me soumit trouvèrent-ils un juge sévère. Mais l'élève se montra si docile, animé de tant de bonne volonté, que les progrès furent rapides, comme en témoigne le choix que nous offrons au public. Aussi à travers la petite rue provinciale, de chaque côté de laquelle nous poursuivions notre tâche quotidienne, chacun à notre façon, avec quelle joie il me faisait signe pour m'annoncer son dernier succès, la palme d'argent ou l'œillet de bronze qu'il venait d'obtenir dans l'un de ces concours, où vous-même, mon cher Président, vous avez eu l'occasion de le couronner.

Cependant ce qui vaut encore mieux que ses vers eux-mêmes, ce que je tenais en particulière estime, c'est la qualité de son cœur, la

noblesse de ses sentiments, et c'est ce que ses amis doivent aimer sur-
tout à retrouver dans ces reliques de son inspiration toujours pure et
sincère. Les délicats y relèveront peut-être encore quelques défail-
lances de rime ou d'expression. Mais le lecteur qui se plaît à chercher l'homme dans l'écrivain reconnaîtra que ces vers d'un simple
ouvrier-sculpteur rendent un joli son de conscience française, droite
et vaillante.

M. Maurice Barrès, adressant son salut à notre jeunesse, sublime
rédemptrice, a écrit : Comment eûmes-nous cette chance d'avoir
à l'heure nécessaire une immense jeunesse ardente aux armes et
pleine d'âme ? D'où vient l'excellence de cette jeune France ?
De quelle haute source cachée lui vient ce joyeux appétit de
sacrifice ? Pourquoi de naissance nos jeunes gens frémissaient-
ils du désir de faire des choses utiles et nobles et de se dévouer ?
Pourquoi sont-ils tels qu'il les fallait pour que la France res-
suscitât ? — Les vers de Louis Menagé, composés avant le grand drame
de 1914 et justement représentatifs des sentiments de la génération qui
allait s'immoler, paraissent répondre en partie à la question de l'auteur
des « Bastions de l'Est ». Chacun de ses poèmes nous dit avec émotion
comment s'était forgée sa belle âme généreuse, toute vibrante d'enthousiasme. La source cachée de sa formation morale, nous la découvrons
immédiatement dans les premières pièces, Ciel natal, Tilleuls ver-
noliens, Le Cœur d'une Mère, L'Ecole : hymnes de tendresse et
de gratitude à tous ceux, parents ou maîtres, qui lui enseignèrent
l'amour du Bien et du Beau, inséparables en France de l'amour du
Pays. L'Outil nous rappelle l'excellent ouvrier, fier de sa profes-
sion, qui dans le travail des mains voit, avec le principe de l'indé-

pendance personnelle, le moyen d'agrandir la Patrie en collaborant à l'œuvre même du Créateur. Mes rides, La Charrue, La Mare, évoquent discrètement les tristesses de sa vie intime, mais aussi la magnifique énergie, qui, en l'aidant à les surmonter, semblait le tremper plus fortement pour la suprême épreuve.

La seconde partie du recueil, SENTIERS NORMANDS, nous promène avec dévotion à travers la Petite Patrie dont l'attachement l'a préparé à celui de la grande. L'Eglise du Village, Angelus rustiques, affirment d'abord l'unité de l'Ame française, toute pénétrée de cette douce spiritualité chrétienne, que le Clocher des Ancêtres dans chaque bourg continue à répandre sur le labeur quotidien des vivants et sur le sommeil des Trépassés. Les vieux Chaumes du Pays redisent aussi le bienfait des traditions, qui à travers les âges relient toutes les générations dans la communauté du même foyer rustique, comme Nos Pommiers, dont la racine plonge dans la cendre des Aïeux, doivent verser aux descendants avec la liqueur d'or de leurs fruits toutes les vertus multipliées des siècles antérieurs. Et, quand, au terme de ses pèlerinages, le fils pieux du sol normand en atteint les rivages extrêmes, si le Phare d'Ailly lumineusement lui enseigne la magnanimité, les Falaises, qui ne cessent de résister à l'assaut du flot ennemi, lui paraissent donner de hautes leçons de force et d'espérance.

Et ainsi, par le culte de sa province, il aboutit au culte de la France. Dans les strophes de La Patrie il essaie de définir tout ce que contient ce « mot sacré » ; il salue tour à tour la terre natale, le foyer du père laborieux et de la mère aimante, les tombes des anciens qui ne sont plus, mais aussi le patrimoine d'honneur, de bra-

voure et de liberté, transmis par tant de siècles de vie nationale, tout
ce que renferme un temple de la Gloire comme le Palais de Versailles, tout ce qui palpite là-haut dans les plis du Drapeau. Notre
poète, né « cocardier », a nourri depuis sa première enfance (Cf.
Mes soldats de plomb), la passion des choses de l'Armée. Un Défilé de régiment le remplit d'ivresse et de bonheur — « trop brefs »
à son gré. Entend-il les accents d'une Retraite militaire, aussitôt
entraîné par les « notes enflammées », il entonne une Marseillaise
intérieure et prête le solennel serment :

> La France peut compter sur l'unanime effort,
> S'il nous fallait un soir mourir sur les frontières.

Et ses vers offrent mieux que des exercices de déclamation : ils
reflètent avec exactitude ce qu'il a ressenti et brûlait de traduire en
actes. J'ai vu moi-même avec quelle fierté et quelle ardeur il avait
pris part aux dernières manœuvres du camp de Mailly. Aussi bien,
à mesure qu'il approche de l'échéance fatale, sa muse, dans une sorte
de prescience, prend le ton divinatoire de ceux qui vont nous quit-
ter : il paraît célébrer par anticipation les exploits de nos aviateurs
militaires, l'évangélique pitié de nos Infirmières de la Croix-Rouge et
même « l'Union sacrée » symbolisée dans les Trois Couleurs. Il
demande à l'Histoire du Passé des raisons d'espérer pour le lendemain,
et le souvenir de Reichshoffen le conduit à cette promesse qu'il a su
tenir avec tant de ses compagnons d'armes :

> Leur bravoure survit : un jour nous ferons voir
> Qu'ils valent leurs aînés, les jeunes fils de France !

Cette belle assurance de sa génération, il l'exprimait vers le même
temps dans la prose alerte de ses Deux coups de plume, articles

légers, pleins de bon sens, qu'il donnait à de nombreux journaux. Il protestait contre ces monomanes du pessimisme qui chantent sur tous les tons que la race dégénère : Les petits-fils des Héros de 1792 valent bien leurs aïeux. Levons les yeux aux cieux : ils volent comme des petits anges. Ils plongent mieux que des baleines et avec Pégoud ils apprennent maintenant aux aigles comment on fait la culbute. — Au moment des élections, il lançait, lui aussi, sa petite proclamation si parfaitement raisonnable : Peuple de France, l'Allemagne arme à outrance, et tes prétendus amis voudraient fermer les casernes et forger les socs dans l'acier des canons.... Vote pour l'homme qui fait passer les intérêts de la Patrie avant ses ambitions personnelles. Que le Passé soit le sage conseiller de ton choix, et souviens-toi A CETTE HEURE DÉCISIVE qu'il faut que la France reste toujours la France forte et active, la terre maternelle de la Justice et de la Liberté !

Enfin c'est quelques semaines avant l'explosion d'août 1914 qu'il m'avait consulté sur son poème de La Guerre, où il rencontre des accents véritablement prophétiques. Dans une première partie, Valmy, il évoquait l'œuvre de nos pères de la Révolution, dont les armes avaient sauvé avec la France les droits de tous les peuples, et dans une seconde, La Voix de la Guerre, il montrait à nos pacifistes aveugles qu'il ne faut pas maudire, mais au contraire glorifier et suivre de tout son cœur la déesse armée dont l'égide permet de châtier l'injustice et d'assurer l'existence de la race. N'est-ce pas enfin toute son âme de patriote qui vibre encore et s'exalte dans cette sonnerie qu'on croirait de Déroulède et qui semble cadencée par le battement même de son cœur ?

Debout ! La guerre est déclarée :
Petit soldat, mets sac au dos.....

En avant ! C'est pour notre France !
Pour elle, la chère « Maman »,
On peut braver toute souffrance...
Sac au dos ! soldat, en avant !

Il venait sans doute de jeter à la hâte sur le papier cette exhorta-
tion suprême, lorsqu'au soir du premier jour de la mobilisation, svelte
et droit plus que jamais, finement sanglé dans son uniforme d'officier,
il venait m'embrasser, tout frémissant d'émotion...

Le reste de son poème, il l'a vécu dans la fièvre de l'action, jus-
qu'au 12 septembre à son dépôt d'Argentan avec la préparation de
ses soldats, puis du 12 septembre jusqu'au 3 octobre, qui lui mit au
front la couronne sanglante, sur les champs de bataille de l'Aisne, où,
comme les lettres de ses hommes s'accordent à l'attester, il sut déployer,
avec autant de bonne humeur que d'initiative et de sang-froid, toutes
les qualités d'un vrai chef français. Très occupé, puisqu'avec le
grade de sous-lieutenant il remplissait de fait les fonctions de capi-
taine à la tête d'une compagnie, il ne put nous envoyer que quelques
laconiques billets, mais où demeure encore le feu de son âme ; tel
celui-ci, daté de la veille même de sa mort :

Ligne de feu, 2 Octobre 1914. La santé et le moral toujours
excellents. CHAQUE FRANÇAIS EST UN HÉROS. — *A bientôt la libé-*
ration de votre pays natal ! En avant pour Dieu et pour la
France !.....

Ces derniers mots de charge et d'élan concluent dignement l'œuvre si vite terminée de notre ami. Mais cette jolie flamme de vaillance et d'amour, qui s'alluma d'abord au foyer paternel, doit vivre toujours, religieusement entretenue par les siens, dans le sanctuaire de sa petite patrie vernolienne, pour y susciter à son tour dans l'avenir d'autres flammes pareilles d'amour et de vaillance.....

Et si maintenant, mon cher Président, nous nous demandons quel titre il convient de donner à ces novissima verba d'un jeune patriote de 1914, je ne crois pas que ce serait trop ambitieux de se servir de celui-ci qu'il a lui-même adopté comme devise : Pour la France, par l'Outil, la Plume et l'Epée — Mais pourquoi ne pas reprendre simplement quelques mots du vers si souvent cité de l'Hymne héroïque, en laissant entendre que le « gentil » poète a su vivre de tout son être comme il est mort — « PIEUSEMENT POUR LA PATRIE » ?

GUSTAVE ZIDLER,
PROFESSEUR AGRÉGÉ AU LYCÉE HOCHE,
LAURÉAT DE L'ACADÉMIE FRANÇAISE.

Versailles, Janvier 1916.

NOTICE BIOGRAPHIQUE

Louis MENAGÉ, né le 27 février 1885 à Verneuil-sur-Avre (Eure), commença au Collège de cette ville les études qu'il devait terminer en 1901 au Pensionnat des Frères de Dreux. Agé de seize ans, il apprit à travailler le marbre et la pierre chez M. Quesnel, entrepreneur de monuments funéraires à Verneuil. Il se rendit ensuite à Versailles, où il se perfectionna dans son art, principalement dans les ateliers de M. Didier, qui garda toujours pour cet « ouvrier peu ordinaire » autant d'affection que d'estime. Dispensé comme ouvrier d'art, il ne fit qu'une année de service militaire (1905-1906) à Gaillon, où il obtint le certificat de chef de section : ce qui lui permit plus tard d'être nommé officier de réserve.

C'est seulement à partir de 1912 qu'il occupa ses loisirs à écrire des poésies, dont plusieurs furent couronnées dans différents concours (En 1913, les *Amis de Pierre Dupont* : médaille d'or du Ministre de l'Instruction Publique. — *Pardon de Montfort l'Amaury* : premier ajoncat. — *Société littéraire et artistique de Cette* : premier prix, rameau de chêne en argent. — *Concours du Mont Saint-Michel* : œillet de bronze. — Juillet 1914, *Académie nationale de Reims* : médaille d'argent de première classe). — Comme journaliste, il collabora aux feuilles suivantes : le

Vernolien, le *Réveil avranchinais*, l'*Avenir de l'Orne et de la Mayenne*, l'*Elbeuvien*, le *Valériquois*, le *Républicain de Vernon*, l'*Avenir de Trouville*, la *Tribune de Nevers*, le *Républicain de Gaillon*, le *Républicain de Chinon*, le *Petit Thierrois*, le *Nouvelliste de l'Allier*, etc... — Il faisait partie de la *Société des Poètes français* et de la *Société des Gens de Lettres*. Il fut présenté à cette dernière le 2 février 1914 par MM. Ch. Le Goffic, N. Sevestre, R. Valery-Radot et Th. Botrel, qui lui tint lieu de parrain avec la recommandation suivante : « *C'est avec empressement que j'appuie la candidature du bon poète Louis Menagé, dont j'apprécie hautement le caractère et le talent.* »

La guerre déclarée, il partit avec enthousiasme le premier jour de la mobilisation rejoindre son dépôt à Argentan. Envoyé sur le front dans la région de Vic-sur-Aisne, il commanda une compagnie successivement aux 304ᵉ, 292ᵉ et 216ᵉ de ligne. Félicité par son Général de brigade après le combat de Fontenoy du 20 septembre où il défendit avec succès le château de Firino, il fut tué à Vingré, commune de Nouvron (Aisne), à la tête de sa compagnie le 3 octobre 1914, emportant l'estime de ses chefs et les regrets de ses hommes, qui ont tenu à lui donner les honneurs de la sépulture à l'endroit même où il était tombé.

EXTRAIT DU CARNET DE ROUTE

de l'un de ses compagnons d'armes, le sergent Louis TRANCHANT
*du 292', cité lui-même deux fois à l'ordre du jour, décoré de la
médaille militaire et de la croix de guerre à la suite de blessures :*

«.... Dès l'aube, sur l'ordre du lieutenant Menagé, nous
nous remettons en marche, prenant pour direction le village de
Fontenoy-sur-Aisne. . A 2 heures de l'après-midi, notre lieutenant commande : « sac au dos ! » Nous approchons de plus
en plus de l'ennemi. Par bonheur la gaieté et le calme de notre
chef nous donnent de l'entrain et chassent nos pensées noires,
car nous recevons de temps en temps quelque distribution de
shrapnells.

Nous arrivons à la hauteur de l'église de Fontenoy. Un
instant de panique se produit, dû à l'éclatement des obus. Par
son sang-froid notre Lieutenant réussit à rassembler ses hommes, et nous continuons, profitant des abris indiqués par notre
chef vers la ferme de la Tour, où, à peine arrivés, nous recevons
encore le feu de l'ennemi. Le Lieutenant Menagé nous guide
pour nous abriter à nouveau. Ceci se passait le 16 septembre.

De ce jour je ne quitte pas le Lieutenant. Quatre jours s'écou-
lent pendant lesquels nous n'avons eu à répondre qu'à de petites
escarmouches.

Le 20 septembre, le Lieutenant Menagé est prévenu d'avoir
à se rendre au parc du château de Firino, distant de deux kilo-

mètres de l'endroit que nous occupions, pour être, lui et sa compagnie, en réserve auprès du Général. Mais, surprise ! dès huit heures du matin, nos sentinelles aperçoivent l'ennemi à proximité. Le Lieutenant ne perd pas de temps : il fait percer des meurtrières dans les murs du parc, et sous son commandement nous avons maintenu cette place malgré un feu violent de l'ennemi et réussi à le repousser en lui infligeant des pertes sérieuses. Nous n'avons eu qu'un mort et quelques blessés. Cette journée, mémorable pour notre Lieutenant, lui a valu toutes les félicitations de la part du Général.

Depuis ce jour nous avons changé de secteur ; nous sommes commandés par les chefs supérieurs appartenant au 292e. Notre Lieutenant est heureux, pouvant au moins trouver un soutien au-dessus de lui.

Ce plaisir ne dure pas ; un ordre de la brigade lui confirme sa mutation au 216e qui se trouve à Vaurezis à six kilomètres d'où nous sommes. C'est le cœur gros et regretté de nous tous qu'il nous fait ses adieux ; il avait comme un pressentiment de ne plus nous revoir....»

1

CIEL NATAL

CIEL NATAL

J'aime mon ciel normand, gris ou bleu, toujours doux,
Où du myosotis fleurit, où rêve à l'aise
Un nuage, flocon d'argent, vite dissous...
C'est fin, clair et léger... c'est de l'âme française.

Vers toi, cher ciel natal, qu'ont reflété mes yeux,
Au dernier de mes jours s'envolera mon âme,
Et tout mon cœur d'enfant d'un tel vœu te réclame
Qu'il ne peut plus ailleurs concevoir d'autres cieux.

Avril 1912.

LES TILLEULS VERNOLIENS

Près des anciens remparts, où mon cœur aime à vivre,
Les tilleuls, tous fleuris, dans la tiédeur des soirs,
A la brise d'été qui butine et s'enivre
Exhalent le parfum de leurs doux encensoirs.

Ah ! nos tilleuls, de tout l'effort de vos pétales,
Versez, fidèlement unis à nos destins,
Les aromes puisés à vos sèves natales
Pour embaumer nos murs et nos hameaux lointains !

Puissé-je ainsi toujours, à l'abri de vos branches,
Comme aux lourds soirs de juin dont j'aimais le retour,
Rêver dans le repos des éternels dimanches,
Par vous enveloppé de senteurs et d'amour !

LE CŒUR D'UNE MÈRE

La chose la plus belle est-elle un doux soleil
Qui s'illumine au ciel et le laisse sans brume,
Lorsqu'en chœur du Printemps tout chante le réveil,
Que l'humble violette en secret nous parfume ?

Est-ce la toile habile, où coule un clair ruisseau,
Où joue, au gré du peintre, un rideau de feuillage ?
Est-ce l'heureux sonnet qui montre un frais berceau,
Exalte la vertu, la grâce ou le courage ?

Est-ce la gemme rare au chatoyant reflet ?
Le sourire du preux dont l'audace nous plaît ?
Le marbre du sculpteur, l'hymne ardent du trouvère ?

Non point ! Trésor immense, unique diamant,
Cette chose si belle et pure simplement,
        C'est le cœur d'une mère !

Juin 1912.

L'ÉCOLE

(Souvenirs d'enfance.)

Comme au grand deuil des nuits les astres resplendissent,
Les souvenirs d'enfance, au fond de nos douleurs,
Jettent leurs purs rayons, qui doucement y glissent
Et calment dans l'espoir l'amertume des pleurs.

Toujours devant mes yeux l'ancien seuil de l'école
S'ouvre et laisse envoler, tels de gais papillons,
Mille pensers charmants, dont mon front s'auréole
Et dont il cache, heureux, les plis de ses sillons.

De nos coups les grands murs portent toujours la trace
Avec autant d'orgueil que les vaillants blessés ;
Ils chuchotent tout bas et vibrent, quand je passe,
Pour évoquer en moi les livres délaissés.

Le vieux maître clément, plein d'ardeur et de zèle,
Parfois souriant même à nos regards moqueurs,
Nous donnait les clartés que le savoir révèle
Pour élargir l'idée et rendre bons les cœurs.

Il dictait son vouloir à notre bruyant monde
D'un geste qui permet ou d'un mot qui défend,
Et mêlait en notre âme avec sa foi profonde
Les grands devoirs de l'homme aux leçons de l'enfant.

Tandis que nous songions aux jeudis, aux dimanches,
Aux prés ensoleillés, aux séduisants coteaux,
Sur le bois du pupitre, où se lustraient les manches,
Burins improvisés, s'acharnaient nos couteaux.

Dans mes cahiers noircis, agitant leur squelette,
Les chiffres ennuyeux dansaient sur les pâtés,
Et de mon porte-plume, entraînante houlette,
J'amenais leurs troupeaux aux quotients grattés.

Pour nous griser de gloire et transporter nos âmes
Les Fastes de la France ouvraient leur Panthéon ;
Avec son chapeau gris et les yeux pleins de flammes,
Souvent dans nos cerveaux passait Napoléon !

Si nos poings se crispaient au parjure des traîtres,
La fierté renaissait par Ulm ou Marengo ;
A nos yeux scintillaient les rimes des grands Maîtres
Et déjà je rêvais au seul nom de Hugo....

Professeurs vénérés, vous versiez la semence ;
Les épis ont grandi sous vos savants efforts.
Voyez votre travail sacré, la plaine immense
Où les fruits de l'étude entassent leurs trésors !....

O temps, dont les matins raniment nos paupières,
Prêtez vos souvenirs, secourables appuis,
Et laissez en nos cœurs les constantes lumières
Des bonheurs éloignés et des soleils enfuis !

MES SOLDATS DE PLOMB

J'aime à revoir mes beaux soldats de plomb
Qu'un épais cartonnage habille,
Ces chers soldats, qui riaient du canon
Chargé d'un pois ou d'une bille !

Leur pantalon est rouge, et leur corps bleu
Offre une allure martiale ;
Dans les combats ils se tenaient, morbleu !
Comme la Garde impériale !

Quelques blessés n'ont plus leurs pieds, leurs bras ;
    Pauvres épaves de mitraille,
Ils gisaient là, frôlés par le trépas,
    Sur le petit champ de bataille.

Ils ont « campos », car on signa la paix :
    Leur général fut au collège...
Mais ces soldats sous leur couvercle épais
    Semblent souffrir d'un trop long siège.

J'aime à revoir mes beaux soldats de plomb,
    Témoins bénis de ma jeunesse,
Pleins de vaillance et superbes d'aplomb,
    Tels les vieux héros de la Grèce.

Nous nous battrons un jour, braves comme eux.
    Dans des luttes, du Droit gardiennes,
Et nous irons, rouges, bleus, radieux,
    Devant les billes prussiennes !

                             Octobre 1912.

L'OUTIL [1]

Honorons tous l'Outil, sceptre empreint de grandeur,
Sceptre forgé d'acier où la sueur chatoie
Et sertit ses brillants, — plus beau dans sa splendeur
Qu'un sceptre de César qu'un Archevêque ondoie !

L'Outil ! orgueil du gueux, sceptre de son pouvoir,
Que devant la misère il brandit comme un glaive,
L'Outil, symbole fier d'amour et de devoir,
L'Outil qui grandit l'homme et que l'homme relève !

---

[1] Poème couronné par la Société des Amis de Pierre Dupont (médaille d'or), 1913.

Par ses bruits triomphants il rend sourd aux affronts
Et célèbre des bras la sublime industrie ;
Plein de puissance, il fait, pour rassurer les fronts,
Vibrer dans son acier l'âme de la Patrie !

Gloire à l'Outil qui crée et vers les cieux ouverts
Va porter sa chanson par l'écho cadencée,
Tandis que l'homme fort façonne l'univers
Au moule merveilleux de sa haute pensée !

Il fait briller au pauvre un ciel de liberté,
Rendant son bras plus sûr, son âme plus altière ;
Il couronne son front d'une saine fierté
Et mêle son idée à l'inerte matière...

Surprenant la nature en ses larges beautés,
Il oppose aux rameaux les guirlandes de pierre,
Aux monts perçant le ciel les temples respectés,
A la rumeur des flots la cloche familière.

La docile massette anoblit le sculpteur ;
Sur son chiffre elle met l'orgueil d'une couronne,
Quand, frappant le ciseau d'un élan créateur,
Elle en mate l'acier qui dans les doigts frissonne.

Le puissant forgeron au fer dicte sa loi ;
Et dans sa main l'Outil aux sublimes magies
D'un métal fait un dieu, d'un travailleur un roi,
Dont la forge empourprée accroît les énergies !

J'aime du pur acier les rythmes séduisants :
Car l'Outil magistral, qui travaille sans trêve,
Unit dans mon esprit, ami des artisans,
La beauté de leur œuvre au charme de leur rêve.

Puis, quand je serai mort, l'Outil dans les forêts
Sculptera mon cercueil au tronc noueux d'un arbre,
Et sur ma tombe froide, à l'ombre du cyprès,
Gravant la strophe d'or, fera prier mon marbre !

Ouvriers, soyez fiers de vos riches joyaux,
Poinçons, ciseaux, burins, qu'avec ferveur l'on nomme
Car ils ont ajouté, par vos efforts royaux,
Aux chefs-d'œuvre de Dieu les retouches de l'homme !

Tous honorons l'Outil, sceptre empreint de grandeur,
Sceptre forgé d'acier, où la sueur chatoie
Et sertit ses brillants, plus beau dans sa splendeur
Qu'un sceptre de César qu'un Archevêque ondoie !

MES RIDES

Si frais, si jeune encor, mon front semble ridé :
Ma douce enfance y mit sa joyeuse préface ;
Puis de sombres Ennuis le ciseau décidé
A creusé tour à tour les replis de ma face.

J'ai souscrit aux Chagrins un dur tribut de pleurs.
Oui, j'ai pleuré parfois : car j'ai subi la haine,
La haine des méchants — la pire des douleurs ! —
Mais dont, heureux vainqueur, j'ai su briser la chaîne !..

Si frais, si jeune encor, mon front semble ridé,
Pareil au champ fauché qu'a meurtri la charrue,
Mais pour que des sillons de son sol fécondé
Renaisse une moisson plus robuste et plus drue.

Triste à mes rides, dur labour de mes chagrins,
L'Amitié, doux soleil, vint m'offrir son hommage :
De beaux épis nouveaux j'ai récolté les grains,
Des traits de l'injustice oublié le dommage....

Si frais, si jeune encor, mon front semble ridé :
Mais, grâce à Dieu, peut-être, où gronda la tourmente,
Dans le champ rajeuni de mon cœur lapidé
Reverrai-je s'ouvrir quelque fleur plus aimante ;

Des gerbes de bonheur peut-être sur mon front
Cacheront quelque jour tout le réseau des rides.....
Et qu'importe ? Leurs traits ne me font point affront :
Seuls n'ont pas de sillons les champs toujours arides !

LA CHARRUE

Au pas des grands bœufs blancs s'enfonce la charrue :
Elle gerce la terre, ovaire des moissons,
Afin de rendre aux blés la grâce disparue,
Et peine, indifférente aux rustiques chansons.

Le fouet du laboureur à la face bourrue
S'abat sur l'attelage, effarouchant pinsons,
Fauvettes, roitelets, dont la bande accourue
Guette le grain nouveau que nous ensemençons.

Parfois le sol gémit au soc qui le transperce,
Mais il refleurira des fleurs que Dieu disperse
Dans le sillon fécond tracé par le coupoir.

Séchons aussi nos pleurs : car, si Dieu parfois brise
Notre cœur, c'est qu'il veut, par une douce brise,
Y semer, paternel, la semence d'espoir.

LA MARE

Dans un épais bosquet, doré par les ajoncs,
S'assoupissent la Mare et ses fleurs aquatiques ;
Fauvettes et pinsons y mêlent leurs cantiques,
Qu'accompagne plus loin l'orchestre des grillons.

Les saules chevelus y rêvent à la ronde,
Et l'un d'eux, vieux et sourd, se penche obligeamment
Pour mieux saisir sa voix dans le récit charmant
Qu'elle lui va conter jusqu'en la nuit profonde.

Son visage tranquille est un parfait miroir
Où viennent s'admirer le papillon frivole,
La renoncule d'or, tout ce qui brille et vole,
Tout l'hymne des couleurs du ciel — de l'aube au soir.—

L'églantine ingénue y sème ses pétales
En lui prouvant toujours son ancienne amitié.....
Vainement l'ombre y jette un voile de pitié ;
Vainement, chuchotant des nouvelle fatales,

Le vent veut la vieillir en lui ridant le front
Sous la feuille d'automne et son linceul de cuivre :
— Mon pauvre cœur troublé, par elle apprends à vivre ! —
La mare reste calme, impassible à l'affront.

11

SENTIERS NORMANDS

SENTIERS NORMANDS

Coquets rubans, jetés épars,
Nos sentiers vont aux pâturages
Baiser les buissons babillards
Qui les frôlent de leurs ombrages.

Ils flânent et ne vont pas droit :
Enivrés par la violette,
Dans leur voyage maladroit
Ils zigzaguent à l'aveuglette ;

Ils trébuchent dans les pommiers,
Courent à l'eau qui se replie :
Les merles siffleurs, des cormiers.
Semblent rire de leur folie.

Verts, fleuris, ils vont familiers,
Les sentiers de notre jeunesse,
Témoins de nos jeux d'écoliers
Et de la première promesse.

Ils vont, pimpants, l'air guilleret,
Parfumés de thym et de menthe,
Faire leur cour à la forêt
Qui leur dit ses rêves d'amante....

Ce sont eux les charmants liens
Qui tiennent serrés en guirlande
Nos cœurs, les vigilants gardiens
De la vieille terre normande !

Septembre 1912.

L'ÉGLISE DU VILLAGE

Près des anciens tombeaux, mi-cachés par les ifs,
Du village français se profile l'Église ;
Seuls, veillent au portail les anges primitifs,
Qu'une niche verdie abrite de la bise.

Quelques lierres grimpants ont tapissé les murs :
Ils veulent, semble-t-il, attacher à la terre
Cet asile de Dieu — par tous les crampons sûrs
Que leur souple volute enfonce dans la pierre.

De ses vitraux usés les tons resplendissants
S'éteignent : par endroits, de blancs morceaux de vitres
Disent avec chagrin les outrages des ans ;
Des saints cherchent leurs bras, des évêques leurs mitres.

Le matin et le soir, sa clochette d'airain
Annonce l'Angelus de son timbre timide,
Docile au bras tremblant d'un bon vieux sacristain :
Du travail, du repos, c'est elle qui décide.

Elle garde un parfum d'antique piété,
De beaux rêves d'amour, de lumière et de joie,
Et son patron naïf, fidèlement fêté,
Déploie aux chants sacrés sa bannière de soie.

Son clocher protecteur, battu par tant d'hivers,
Un peu plus chaque jour sur les tombes se penche ;
Mais notre coq, là-haut, planant dans les éclairs,
Subit sans sourciller l'orageuse avalanche.

Et plus nous vivons, plus nous l'aimons, ce clocher !
Enfant, on fut bercé par sa voix familière ;
Vieillard, courbé des ans, on veut s'en rapprocher
Pour en recevoir, mort, l'éternelle prière.

ANGELUS RUSTIQUES

Dans la pourpre des soirs le soleil agonise :
Voici l'heure qui prie.... Au faîte de l'église,
Partout, clairs, ruisselants, tintent les angelus :
Et le doux chant sacré de colline en colline
Passe sur tout le vieux Pays : le front s'incline,
Et le cœur le plus dur sent qu'il aime un peu plus.

Chaque coup de l'airain délivre une parole
Qui conseille et bénit, qui relève et console.....
L'esprit le plus railleur se fait religieux,
Quand sur le vieux Pays, qu'un même accent embrasse,
La cloche, voix d'En-Haut, pour mieux unir la race,
Sonne à l'âme des fils le Credo des aïeux....

Sonnez soirs et matins, purs Angelus de France !
Répétez tous les jours ce signal d'espérance
Qui fait l'homme meilleur et le ciel plus clément !
Bénissez la moisson, bénissez la vendange !
Qu'au foyer mieux gardé chaque famille engrange
      De quoi vivre divinement !

LES VIEUX CHAUMES DU PAYS

Pauvres vieux toits moussus, si grands dans les ruines
De vos chaumes noircis qui jadis furent d'or,
De vos pignons fendus, où suintent les bruines,
Où l'étranger surprend votre naïf trésor !

Pauvres toits vacillants, dans vos splendeurs fanées,
Tels des vieillards plus chers, vous paraissez plus beaux :
Sur l'homme et son travail s'empressent les années
Pour denteler les murs et fleurir les tombeaux !

C'est vous qui nous parlez de notre vieille race,
Si hardie aux dangers et si vaillante aux deuils :
Héritages sacrés, vous en gardez la trace
Sur vos pavés disjoints comme au creux de vos seuils.

Jadis vous frémissiez de joie et de tendresse,
Vous mûrissiez les fruits du bonheur amassé ;
De vos foyers éteints un rayon nous caresse,
Vous demeurez pour nous les doux nids du passé !...

Bienheureux qui peut vivre au chaume de ses pères,
Partager leur croyance et marcher dans leurs pas,
Creuser du même soc les mêmes champs prospères !
Celui-là reste fort et ne murmure pas !

Il entend de ses Morts sans cesse la voix claire
Qui donne aux bras l'ardeur, au cœur la volonté,
Et son front sans remords, sans haine et sans colère,
Retrouve dans leur lit leurs rêves de bonté !...

LA CHANSON DU ROUET [1]

Trompant vos peines légères,
Chantant vos folles chansons,
Filez, gentes filandières,
Filez chanvres, lins, toisons !
De pleurs la joie est suivie....
Comme vos fils sont vos jours ;
Du Dieu qui règle la vie
La main les fait longs ou courts.

---

[1] Poème couronné par les « Amis de Pierre Dupont ». Musique de
M. A. Cochepain.

Au pauvre le rouet donne
Le pain blanc et la gaîté,
Et la chanson qu'il fredonne
Est l'hymne de liberté....
Confident de Marguerite,
Il en sait tous les secrets,
Mais sa voix s'enfle et s'irrite
Pour chasser les indiscrets.

Entre vos jeux et vos rondes,
Sur le rouet des aïeux,
Fillettes brunes et blondes,
Ouvrez bien grands vos bons yeux :
Ne filez aux heures brèves
Que les fils verts des espoirs
Et les fils bleus de vos rêves...
Laissez pour nous les fils noirs !

File, gentille promise,
Ta robe de linon blanc,
Pour t'en aller à l'église
Le front pur, le cœur tremblant.
Voici que ton fil se coupe...
Aux douces amours rêvant,
Prends garde ! Comme l'étoupe,
Le bonheur rompt trop souvent !

File aussi, frêle grand'Mère ;
Dans ta main le vieux rouet
En cadence régulière
Berce ton dernier souhait ;
Va doucement.... sans secousse....
Car fragile est l'avenir :
Sous ton toit chargé de mousse
Ta quenouille va finir.....

Et sous la main de tes filles,
Dès que tes yeux seront clos,
Chancelant sur ses béquilles,
Ton bon rouet en sanglots
Finira pour l'autre vie
Le drap par toi commencé,
Où tu reverras, ravie,
Tous tes songes du passé !

Septembre 1913.

LE MOULIN

Dans un bruit d'onde furieuse
Travaille l'assidu Moulin :
Il chante sa chanson joyeuse,
" Tic-tac, tic-tac ", soir et matin.

La grande roue active sue,
Lasse parfois, semble gémir
Sous les soufflets de l'eau battue
Que dans sa chute on voit blémir.

L'eau retombe en dentelle blanche :
Dans le nuage industriel
Qui s'élève de l'avalanche
Le soleil jette un arc-en-ciel....

Il est coiffé d'un toit de neige,
Et ses murs, par les ans ridés,
Des eaux écoutent le cortège
Bu par les biefs escaladés.

Le meunier, tout blanc de farine,
Fait l'école à son sansonnet,
Pendant que la brise lutine
La houpette de son bonnet.

Souvent il conte ses histoires
De Gascogne ou des alentours,
En tirant des vieilles armoires
Le verre utile aux longs discours.

Friande se fait sa narine,
Quand de poudre s'emplit le sac,
Et dans l'air grisé de farine
Toujours sonne un joyeux " tic-tac "

Moulin, c'est ton cœur qui palpite.
Si jamais cette voix s'endort,
Cette chanson mille fois dite...
Bon vieux Moulin, tu seras mort !

21 Septembre 1912.

NOS POMMIERS

Les voyez-vous, nos bons pommiers,
Que le feu du soleil arrose ?
Mai, le maître des costumiers,
Les poudra de blanc et de rose.

Leurs bras craquent sous les fruits d'or
Qui courbent leurs vieilles échines ;
Ils sont comme un état-major
Chamarré de couleurs divines.

Leurs pommes ont l'or du soleil,
D'argent sont leurs festons de mousses,
Et l'automne peint de vermeil
Leurs feuilles et leurs branches rousses.

C'est à leurs fruits, c'est à leurs fleurs,
Que nos filles de Normandie
Ont ravi les fraîches couleurs
Qui des gars font l'âme hardie.

Ils voisinent avec les blés
Sur nos coteaux et dans nos plaines ;
Bien que par les ans accablés,
Ils font toujours les cuves pleines.

Poussez drus, profonds, chers pommiers
De nos bons Paradis rustiques ;
Qu'aux jeunes cœurs vous rallumiez
Tous les vieux amours domestiques !

Fouillez les cendres des aïeux
Pour donner à nos fils leur force,
Par les parfums mystérieux
Que vous distillez sous l'écorce !

LES ÉPIS NORMANDS

J'admire vos beautés, mes grands Épis normands ;
Vous couvrez de flots d'or ma terre ensoleillée,
Vers qui vous vous penchez sous les zéphirs charmants
Comme des prés plus loin l'émeraude émaillée.

Votre houle s'agite et balance ses flots
Comme un mâle océan qui court vers les falaises,
Dressant parmi vos dards les fiers coquelicots
Qui semblent, tout saignants, chanter des Marseillaises !...

Mon cœur se mêle à vous, mes chers Épis normands
Avec qui Dieu travaille en un puissant mystère :
Car vous êtes la vie, ô grands Épis aimants !
Vous êtes notre force, ô fils de cette terre !

Juillet 1912.

VARENGEVILLE

Dans un site enchanteur, créé pour une idylle,
D'où l'azur de la mer se perd à l'horizon,
Frais et coquet, sourit le beau Varengeville
Qui s'émaille de fleurs au gré de la Saison.

L'église aux murs de grès, dominant la falaise,
Indique de sa croix la route aux matelots ;
Près d'elle la fureur de la Manche s'apaise,
Pour bercer doucement le sommeil des tombeaux.

Les sentiers, embaumés par les brises marines,
Livrent au promeneur leurs plus charmants secrets ;
Les genêts, les ajoncs, les blanches aubépines,
Fleurissent à l'envi ces dédales discrets.

L'heureuse grève, au pied, se frange des dentelles
Qu'y portent les flots bleus dans leurs assauts constants ;
Les nuages flâneurs étirent leurs ombrelles
Comme pour tamiser les rayons éclatants.

Dans la nacre lointaine, accourt, là-bas, de Dieppe
Le point mobile et blanc d'un fin bâteau-pêcheur,
Tandis qu'à l'horizon flotte un voile de crêpe
Coiffant de Newhaven le rapide marcheur.

L'air se froisse parfois au vol d'une mouette
Qui semble se griser des forts parfums salins,
Et le phare d'Ailly dresse sa silhouette
Qui poignarde la nue au-dessus des sapins.

Et voilà le Château, vestige d'opulence,
Où Jean Ango vécut ce bonheur fugitif,
Qui se brisa soudain sur le roc d'inconstance,
L'histoire de ces murs laisse le cœur craintif.

12 Juillet 1912.

LE PHARE D'AILLY [1]

A Gustave Zidler.

I

Géant sur la falaise et nain devant les flots,
Le grand phare d'Ailly perce les vapeurs grises,
Et de son front altier guide les matelots
Qu'enchantent l'aventure et le parfum des brises.

Sentinelle normande, il brave, glorieux,
Les vagues, les embruns et la rauque bataille,
Et se dresse, élancé, pour contempler les cieux
En nimbant d'un soleil la fierté de sa taille.

---

[1] Poème couronné par l'Académie Nationale de Reims (médaille d'argent de 1re classe). Juillet 1914.

Il ouvre devant nous son seuil hospitalier,
Et nous élève, heureux, au cœur de son mystère,
Dans le frémissement de son frêle escalier,
Longue et sonore vis qui l'enfonce en la terre.

Vers son pilier de pierre incrusté dans l'azur
S'acheminent sans bruit, aérienne escadre,
Des nuages voguant dans un océan pur
Dont les lointains plombés ferment le vaste cadre.

Sitôt qu'à l'horizon tombe le deuil des soirs,
Que, pensant au clocher, s'agenouille le mousse,
— Telle l'aube des fleurs — il rouvre les espoirs,
Et jette ses rayons qu'en vain la brume émousse.

La houle et le ressac aux changeantes couleurs
Murmurent à ses pieds, et, bercés par leurs psaumes,
Sous le voile assombri d'éternelles douleurs
Des naufrages anciens glissent les blancs fantômes.

Il écoute des flots le rythme séducteur
Comme un Titan surpris écouterait les Muses,
Et contre son flambeau, radieux protecteur,
Les vents viennent chanter leurs prières confuses.

Et prenant, généreux, aux hommes leur bonté,
Leur prestance aux géants, aux astres vifs leurs flammes,
Il soutient les héros sur cette immensité,
Où tressaillent les corps et s'inclinent les âmes.

Sa bruyante sirène instruit les grands vaisseaux :
Elle appelle et rapproche, avec des pleurs de joie,
Les robustes marins vers les frêles berceaux,
Forçant la mer qui gronde à relâcher sa proie.

Revêtu de granit et couronné d'éclairs,
Comme un dieu complaisant, le Phare magnanime
Promène ses reflets qui tombent droits et clairs
Sur le soleil qui meurt et l'onde qui s'anime.

Ses magiques faisceaux décrivent de longs traits,
Et, s'aiguisant aux cieux, ils fauchent les étoiles,
Qui semblent vaciller sur les mâts, les agrès,
Puis se laisser ravir au caprice des voiles.

II

Ainsi, poète aimé, brillent tes strophes d'or,
Et ta pensée, unie à l'éclat de tes rimes,
Projette dans les cœurs son lumineux essor
Comme les feux du phare éclairent les abîmes.

Conduis nos pas craintifs et montre-nous le port
Qui s'ouvre, bienveillant, au déclin de la vie ;
Accueille nos souhaits, exauce notre effort,
Fais que d'un flot léger la houle soit suivie !

Le Phare a la lumière et toi la vérité,
Répands-en le foyer dans ton vers diaphane,
Et donne, triomphant devant l'éternité,
Au croyant le sourire et l'amour au profane !

Donne-nous ta clarté pour sonder notre nuit !
Donne ta foi, qui fait la charité plus ample,
Tes rayons d'espérance au beau rêve détruit,
La joie aux yeux des bons, aux noirs méchants l'exemple !

AU MONT SAINT-MICHEL [1]

Si l'Egypte a son sphinx et ses trois Pyramides,
Si Paris a ses tours et ses riches absides
Qui firent de son nom un nom universel,
Si l'Armor est jaloux des dolmens de ses landes,
Ma belle Normandie a — fleuri de légendes —
L'incomparable honneur du vieux Mont Saint-Michel !

---

(1) Poème couronné au Concours du Mont Saint-Michel (œillet de
bronze), 1913.

O roc majestueux ! imprenable barrière
Dont la témérité s'aida de la prière,
Tu couronnes par l'Art ton front audacieux,
Que salue en passant l'aile de la mouette,
Et tu découpes, fier, ta forte silhouette
Dont l'essor magnifique unit la terre aux cieux !

Sur ton haut piédestal est descendu l'Archange,
Qui, le pied sur le Mal, nous tira de la fange ;
Le soleil des midis embellit ton décor.
Un nuage arrêté te sert de banderole ;
Puis la lune te ceint de sa blanche auréole
Dans le songe des soirs constellés de points d'or.

Du faîte des rochers, tes remparts et ton temple,
Vestiges solennels que l'artiste contemple,
Aux Léopards anciens n'inspirent plus l'effroi :
Sur tes murs le veilleur, sur ton autel le cierge,
Firent que de l'Anglais ta forteresse est vierge :
Car toujours tu joignis la bravoure à la foi.

Les yeux, tout éblouis par l'unique Merveille,
Que, le glaive à la main, ton Protecteur surveille,
Dans ton enclos, partout, cueillent les souvenirs

Des passés triomphants, où, fidèle, la gloire
Dorait de ses rayons l'épée et le ciboire
Et te laissait si noble au seuil des avenirs.

Tes pierres, tes splendeurs par la Foi ciselées,
Tes forêts de piliers aux troublantes allées,
Que décora l'acier sous le rythme des flots,
Frémissaient d'épouvante aux sombres oubliettes,
Où trépassaient sculpteurs, écrivains et poètes,
Et dont la brise émue emportait les sanglots.

On écoute en tremblant les fracas de tes chaînes ;
Craignant, pâle d'horreur, des entraves prochaines,
Le promeneur perdu croit approcher sa fin ;
Mais, en fuyant ces lieux inconnus des aurores,
Il s'enhardit aux bruits de tes pavés sonores
Qui s'usèrent jadis aux pas de Duguesclin.

Tu sus harmoniser au gré des plus beaux rêves
La grâce à la grandeur au milieu de tes grèves;
Car les Anges savants et tes Bénédictins,
Dont au pur idéal l'âme était fiancée,
Ont mêlé l'art sublime à la vaste pensée
Dans tes hardis tailloirs et dans tes murs hautains.

Mauny, Tommen, Bourgneuf, engloutis sous tes lises,
Hélas ! n'épandent plus les douces vocalises
De leurs airains rongés dont se sont tus les bruits ;
Les flots, pris de remords, leur servent de suaire,
Et, dévots recueillis près de ton sanctuaire,
Murmurent leur prière au silence des nuits.

Oh ! que j'aime rêver près des côtes d'Avranches,
Quand, de son éventail ouvrant grandes les branches,
Dans un dernier adieu le flamboyant soleil
Couvre de son manteau teint de pourpre royale
Tes indomptables murs, ta flèche abbatiale,
Qui mirent dans la mer leur pompeux appareil !

Alors tu me parais — sublime apothéose ! —
Dérivant vers le large une nef grandiose,
Qui, portant à son bord les ombres des guerriers
Et la croix invincible et l'ancre d'espérance,
Superbe, s'en irait sous les brises de France
Chercher dans les périls la Gloire et ses lauriers !

LE DOLMEN

Le grand dolmen est-là, sur la lande bretonne,
Aussi vieux que le monde, aussi sacré qu'un dieu ;
Il mêle, redoutable, en l'ajonc qui frissonne,
Son mystère éternel au silence du lieu.

A l'heure où l'astre pâle argente au loin la grève
Et lève sa faucille au champ d'azur bruni,
Les Druides, vêtus de blanc, dans notre rêve
Reviennent s'assembler autour du noir granit.

Le Temps n'a jamais pu de ses mordantes limes
User ce fier témoin du culte des aïeux,
Qui, rude évocateur de souvenirs sublimes,
Parle encor plus aux cœurs qu'il ne parle à nos yeux.

Ce roc a-t-il rougi d'un flot expiatoire ?
Que lui conta l'écho des obscures forêts ?
Table du sacrifice au seuil de notre Histoire,
Soumet-il notre race à de sanglants décrets ?...

L'âme alors s'emplissant de sombre horreur sacrée
Sonde le lourd secret de l'être et de la mort
Devant le vieux Dolmen sur la vague dorée
Que soulèvent les vents dans les landiers d'Armor !.....

FALAISES DE FRANCE

Dans l'éternel complot des vents,
Nos Falaises, soutiens du monde,
Fermes parmi les flots mouvants,
Bravent les escadrons de l'onde.

Heurts ! Combats ! Assauts repoussés !
S'il advient qu'un bastion croule,
D'autres surgissent, empressés,
Devant les hordes de la houle.

Les mouettes, blancs avions
Qui se jouent avec le nuage,
Guident l'élan des bataillons
Dont la clameur monte sauvage.

Avec des chatoiements d'aciers
Ne cessant d'accourir du large,
— Tels d'étincelants cuirassiers —
L'Infini bleu moutonne et charge.

Et nos Falaises, sous les chocs
De l'infatigable tourmente,
Ecrasent de quartiers de roc
La meute à leurs pieds écumante.

Mais à leur sommet, sans effrois,
Calme et lent, un troupeau s'anime ;
Des fleurs, s'agrippant aux parois,
Pendent leurs festons sur l'abîme.

Tableau symbolique et divin !
Forte image de la Patrie,
Qui sort de ses luttes sans fin
Libre, souriante et fleurie !

III

AU DRAPEAU

LA PATRIE

Patrie ! ô mot sacré qui berças ma jeunesse,
Dont le maître parlait souvent dans sa leçon,
Je consacre pour toi ces vers, dont la faiblesse
Humblement te dira ce qu'évoque ton nom.

La patrie est le lieu béni qui nous vit naître,
C'est le muet témoin de notre premier pas ;
C'est un amour subtil qu'un père fait connaître,
Qui transporte le cœur et ne le trahit pas.

C'est le toit qui nous vit chérir de notre mère,
Tandis que notre père était à son labeur,
Où nous disions le soir à genoux la prière
Qu'elle nous apprenait à grand'peine par cœur.

C'est elle aussi la tombe où reposent les êtres
Que nous avons aimés, qui ne sont déjà plus :
C'est elle la demeure où dorment nos ancêtres
Que la mort a ravis dans son flux et reflux.

C'est le clocher natal, les souvenirs qu'il porte :
Enfants, auprès de lui nous prîmes nos ébats
Sans chagrins, sans soucis, dans une gaîté forte :
Alors nous ignorions des méchants les combats !...

C'est le lieu du sommeil des jeunes volontaires,
Des braves, des héros qui donnèrent leur sang,
Pour briser l'ennemi de leurs coups salutaires,
Et qui sous les sillons sont tous couchés en rang.

De deuils et de splendeurs c'est le bel héritage
Que nous ont confié sans crainte nos aïeux
Et que nous accroîtrons chaque jour davantage
Par un honneur sans tache et des faits glorieux !

TROIS SONNETS SUR VERSAILLES

LE PALAIS AU CLAIR DE LUNE

Nimbé de reflets blancs, le Palais s'illumine
Au diadème pur de la vierge des nuits ;
Les astres radieux endorment tous les bruits
Et dorent les frontons où la Gloire domine.

Par les salons déserts le silence chemine
Sur les pas attristés des Triomphes enfuis,
Et se mêle aux rayons doucement introduits
Dans les boudoirs secrets que la Lune examine.

Cependant l'on croit voir, au travers des vitraux,
S'agiter rois puissants, princes et généraux,
Qui, sortis de leur cadre ou glissés de leur stèle,

Chamarrés, panachés, en habits de galas,
Dans un décor pompeux digne des Walhallas,
Fêteraient, beaux vainqueurs, la bravoure immortelle !

II

LOUIS XIV

Sur son cheval d'airain triomphe le Grand Roi,
Son geste est énergique et sa pose est altière :
Les reflets de la gloire allument sa paupière,
Car il eut pour hochets les drapeaux de Rocroi.

L'intrépide coursier, fier comme un palefroi,
Laisse flotter au vent son épaisse crinière ;
Du magnifique élan de leur ardeur guerrière,
Ils partent tous les deux, prêts à semer l'effroi.

Le frère du Soleil, tenant haut son insigne,
Déserte son Palais, impérieux et digne,
Pour courir les hasards de ses forts étriers.

L'on dirait que, rêvant encor d'une victoire,
Il voudrait entraîner nos Géants de l'Histoire
Hors de ces murs, étroits pour de si grands guerriers !

III

LA STATUE (1)

(Palais de Versailles.)

Sur son socle est dressé le Héros de l'Empire :
Il est là, solennel, magnifique, indompté,
Dans son mâle regard, qui sut toujours séduire
L'inconstante Victoire, on lit la volonté.

On croirait qu'il écoute, on croirait qu'il respire,
Que, résolu devant le péril affronté,
Il attend, calme et fier, l'obus, qui va décrire
La courbe du trépas dans le ciel démonté.

(1) Poème couronné par la Société Littéraire et Artistique de Cette (1er prix : rameau de chêne en argent).

A ce corps de géant il ne manque que l'âme ;
En ses yeux cependant brille un semblant de flamme
Qui jette des éclairs dans la splendeur du lieu,

Et dans ce grand palais, triomphal sanctuaire,
Glorifiant l'Honneur, le puissant statuaire
Du marbre fit cet homme et de cet homme un Dieu !

Septembre 1913.

LE DÉFILÉ

La manœuvre a duré toute la matinée :
Les soldats sont fourbus, hâlés par le soleil,
Mais ils rient : rien n'abat leur vaillance obstinée :
Ils auraient à la guerre un élan sans pareil.

On les voit arrêtés, occupés par la soupe ;
Ils vont se reposer au chef-lieu de canton.
Ce bruit s'est répandu partout : vite on s'attroupe,
Heureux : dans la grand'rue on reste de planton.

Soudain le régiment gaillard fait son entrée ;
Tout le peuple applaudit dans un transport fervent :
Beaucoup sont accourus de loin dans la contrée
Pour revoir le drapeau qui claque dans le vent.

Le grand tambour-major fend l'air avec sa canne,
Suivi de ses troupiers, les clairons et tambours,
Qui lancent leurs éclats et défilent l'air crâne...
Pendant qu'un fol émoi surprend les basses-cours !

Les écoliers sont là, l'œil brillant près du maître :
Tous nos petits Français aiment voir des soldats ;
Un grand enthousiasme a secoué leur être :
Ils rêvent, eux aussi — déjà — de fiers combats.

Voilà, sur son cheval, le Colonel, bon père
Qui précède ses fils, l'air réjoui, content :
Car ils ont bien marché, beaux d'entrain, — il espère
Qu'ils marcheraient de même au danger — en chantant.

Grâce aux accents guerriers, le sac est une plume.
Le fusil un fétu... Le soldat, plein d'ardeur,
Redresse le jarret, c'est la vieille coutume :
Le clairon le refait, frais, dispos et frondeur.

Puis voici l'étendard au soleil, qui scintille.
L'instant est solennel, chacun s'est découvert :
Dans ses plis frémissants c'est la France qui brille ;
Nous savons tous encor combien elle a souffert !

Comme de grands épis mêlés d'or et de rouge,
Défilent les soldats, leurs fusils et leurs chefs ;
Le Drapeau de nos cœurs aux brises s'enfle et bouge....
Et le tout disparaît dans des bonheurs trop brefs !

19 Mai 1912,

AU DRAPEAU

Les rangs sont alignés, le colonel s'écrie :
« Au drapeau ! » Cet instant fait palpiter les cœurs,
Car ce bel étendard, c'est la chère Patrie,
C'est le clocher natal parmi les trois Couleurs !

Encadré du piquet, le fier Drapeau s'incline,
Et de ses plis s'exhale un parfum glorieux ;
L'or de tous ses combats longuement nous fascine,
Ravis, extasiés à ses reflets soyeux.

Il est universel, notre beau Tricolore :
Il s'est montré partout aux peuples ennoblis
En levant sur le monde une meilleure aurore,
L'aube des Libertés qu'il proclame en ses plis !

Voilà cent ans, il fit un grand tour en Europe,
De pays en pays, du Tage vers l'Oural,
Tandis que d'immortels exploits il s'enveloppe,
Porté par les vaillants du petit Caporal !...

De la Chine au Maroc sa course continue,
Cueillant partout la fleur de merveilleux succès :
Les naïfs Africains bondissent à sa vue,
Car il leur donne à tous la paix du nom français.

Mais c'est trop peu pour lui de parcourir le monde,
Trop peu, si près du sol il flotte dans les airs :
Il lui faut à présent, par l'aile vagabonde
Des brises, radieux, planer sur l'Univers !

Salut, ô cher Drapeau, symbole des symboles,
Qu'on voit tracer si haut dans le ciel ton chemin,
Emporter dans tes plis, comme autant d'auréoles,
Tous les orgueils d'hier, les espoirs de demain !

CELUI DU 96ᵉ

C'était à Frœschwiller. La lutte était superbe :
Nos soldats se battaient, ardents, en vrais lions.
Plus d'un, jonchant la plaine, agonisait dans l'herbe
En lançant aux Germains d'énergiques jurons,

Quand soudain le drapeau du quatre-vingt-seizième
Tombe avec son porteur, foudroyé par la mort.
Des Prussiens joyeux s'avancent vers l'emblème,
Mais trop tard : un héros repousse leur effort.

Comme un géant il lutte ; il sabre à gauche, à droite...
Des vols d'éclats d'obus l'aveuglent de son sang :
Il tient bon l'étendard que le Teuton convoite
Et dont les cœurs vermeils ont rougi le pli blanc.

L'ennemi fond sur lui, brutal. L'heure est critique,
Mais l'adjudant-major accourt sur son cheval,
Et saisit le drapeau de son bras héroïque,
Pour tomber à son tour dans le choc inégal.

Les Allemands sur nous roulent leurs flots sans nombre.
On s'écrie : « En avant ! Sauvons notre étendard ! »
On se rue, on s'étreint dans un choc âpre et sombre
Où la rage conduit le bras et le regard.

A la « fourchette », à coups de poings, à coups de crosse,
Du meilleur de leurs cœurs les Français tapent dur,
Tant enfin qu'avec nous, comme en un sacerdoce,
Le drapeau flottait haut et l'honneur restait pur !

LES DAMES DE FRANCE

(A Mme la Baronne de Ravinel,
Infirmière-Major des Dames
Françaises de la Croix-Rouge.)

Dans la Chaouïa la lutte fut très rude :
Le succès fit payer largement sa faveur ;
Plus d'un brave est tombé sous les ordres de Dude
En s'écriant « Maman ! » suprême appel du cœur !

Tandis que la mitraille éprouve la vaillance,
Des héroïnes ont quitté parents, amis
Et fiancés ; ce sont les Dames de la France,
Qui vite ont su répondre au cri des fiers « roumis »

Ecoutant leurs vertus et leur brillant courage,
Elles vinrent sans peur, sans souci de la mort,
Pour ranimer nos rangs que la lutte ravage
Et donner aux blessés l'utile réconfort.

Ainsi dans les combats meurtriers de l'Afrique
La Française apporta sa générosité,
Et l'Univers put voir d'une union mystique
Le Courage se joindre à la tendre Bonté.

Avril 1912.

LA MÉDAILLE DE 1870

Il est des insuccès qui valent des victoires,
Et l'honneur sauf nous place au-dessus des vainqueurs.
Les Prussiens triomphants vainement dans leurs chœurs
Insultent nos revers de cris blasphématoires.

Soyez fiers, vétérans, grands vaincus méritoires
De ce duel sanglant ! Car je vois sur vos cœurs
La médaille, qui fait songer les plus moqueurs
En réveillant l'écho d'héroïques histoires !

L'habit des orphelins, le gazon des tombeaux,
Nuancent ce ruban qu'aux fils de ses drapeaux
Donne le souvenir fidèle de la France.

Jeunes, inclinons-nous devant ces vétérans,
Qui pavoisent leurs cœurs de ces plis consolants,
Dont le noir dit : Douleur ! mais le vert : Espérance !

LA RETRAITE MILITAIRE

Le son du sourd tambour et l'éclat du clairon
Fièrement fendent l'air. L'on court : c'est la retraite.
Et tous petits et grands, joyeux, à l'unisson
Acclament les soldats et leur font grande fête.

Le défilé bruyant sort enfin du quartier.
Tout le monde à l'entour clame : « Vive l'armée ! »
Les cuivres font frémir notre corps tout entier :
Puis on suit le cortège et sa note enflammée....

Pendant le long parcours les accents glorieux
Versent un doux frisson à notre âme française :
Le bel enthousiasme est si contagieux
Qu'on entonne au retour l'ardente « Marseillaise. »

Superbes visions : car ces clairons touchants
Ravivent notre espoir, et le vieillard redresse
Ses vieux jarrets usés par la peine et les ans,
Tandis que dans son cœur s'épanche un flot d'ivresse.

L'adulte est entraîné par ces chants de combat :
Sur son épaule il tient son garçon qui s'écrie,
Fiévreux, battant des mains : « Oh ! je serai soldat !
Je veux un jour aussi défendre la patrie ! »

Français, soyons heureux ! Notre pays est fort
Des floraisons sans fin de nos vertus guerrières :
La France peut compter sur l'unanime effort,
S'il nous fallait un soir mourir sur les frontières !

LES TROIS COULEURS

Un matin dans un champ se plaignaient de leur sort
Le fier Coquelicot, la tendre Marguerite,
Et le gentil Bleuet, qui leur parla d'abord :
— Dans le monde des fleurs voilà que l'on s'agite ! —

Petit bleuet disait : « Que le destin m'est dur !
Caché dans les hauts blés, qui connaît mon visage ?
Bientôt le moissonneur flétrira mon azur :
J'aurai vécu toujours dans l'oubli, sans hommage. »

Marguerite ajouta : « Bleuet a trop raison !
Moi, bientôt l'amoureux rompra ma collerette,
Puis au loin m'enverra sans nulle autre oraison :
Que l'homme est donc cruel pour la pauvre fleurette ! »

Coquelicot vermeil exhala ses douleurs :
« Tous vos propos sont vrais. Demain quelque herboriste
Me gardera séché parmi les quatre fleurs !
Qui vit seul malheureux devient vite anarchiste !....

Contre nos ennemis promptement groupons-nous :
Que, s'il nous faut mourir, nous mourions tous ensemble !
A souffrir en commun, nos maux seront plus doux :
C'est le meilleur parti, compagnons, ce me semble. »

De la tête chacun approuva ce discours ;
A droite le Bleuet, Coquelicot à gauche,
Marguerite au milieu, parés de leurs atours,
Se tiennent moins craintifs, attendant que l'on fauche.

Lors viennent l'herboriste et son fils l'amoureux,
Tandis que le faucheur avec son fer s'élance ;
Mais soudain il s'arrête et leur dit, généreux :
« Mes amis, ne touchons à ces fleurs ! — C'est la France ! »

— Frères, groupons-nous donc en nos plus grands malheurs !
Main dans la main, bravons les dangers et les peines.
L'union, l'union trois fois sainte des cœurs
Nous fera dans l'amour vaincre toutes les haines !

AUX OISEAUX DE FRANCE

Au capitaine aviateur Etévé.

L'aile victorieuse a violé les airs :
Le ciel vient d'abdiquer ses mystiques domaines,
Où l'hélice bruyante impose ses concerts,
Cantique du progrès et des vertus humaines !

Ils volent, nos oiseaux, beaux jouteurs de périls,
Près des fronts étonnés des vieilles cathédrales,
Dont ils ombrent les saints de leurs frêles profils
En menant vers les dieux leurs allures royales.

Perdus dans le zénith, ils commandent les cieux ;
Ces antiques vieillards, illuminés d'étoiles,
Que les têtes ont craints au temps de nos aïeux,
Seraient donc les vaincus de bambous et de toiles !

Saisis, nous acclamons votre effort surhumain,
Officiers valeureux, oiseaux de notre France,
Fiers champions d'hier et martyrs de demain,
Qui des grands jours de gloire annoncez l'espérance !

Allez, beaux messagers, dans votre rude essor
Qui ne craint pas du ciel les vagues tourmentées,
Et cueillez-nous là-haut quelques étoiles d'or
Surprises au sommeil des planètes domptées !

Mars 1912.

REICHSHOFFEN

On était au mois d'août : l'étincelant soleil
Illuminait la plaine, où brillaient les cuirasses.....
La lutte s'acharnait : un sang pur et vermeil
Emplissait des sillons les profondes crevasses...

Depuis l'aube, l'ardeur se riait de la mort ;
De tous côtés sifflaient les obus et les balles,
Qui fauchaient les soldats en leur terrible essor
Et dans les rangs Teutons laissaient des intervalles...

Les ennemis soudain allaient nous enserrer,
L'instant était critique, il fallait un passage ;
Le courage français ne peut dégénérer,
Ayant fait si longtemps si bel apprentissage !

Les vaillants cuirassiers sont là, prêts à partir :
Au repli qui les cache, ils restent impassibles ;
Leurs chevaux énervés ne cessent de hennir.
Piaffant, flairant dans l'air la charge irrémissible.

Les trompettes enfin sonnent le « Garde à vous »,
Puis on crie : « En Avant ! » et tous, comme un seul homme,
S'élancent enivrés dans un vaste remous,
Tandis qu'un fort parfum de gloire les embaume.

La mêlée est superbe en sa mâle vigueur :
C'est un immense bruit de cliquetis de sabres,
De fusils, de galops, de canon ravageur :
Des rangs sont culbutés, des montures se cabrent ;

Mais qu'importe ? En avant ! et toujours en avant !
Devant ce flot humain tout est en débandade,
Et tout est balayé comme par un géant :
On aperçoit bientôt de Morsbronn la bourgade ;

Les Prussiens sont là, mais les fiers cuirassiers
Entrent, sabrent toujours de leur lame sanglante,
Et traversent le bourg. — « A l'appel, cavaliers ! »
Et partis quinze cents, ils se comptent cinquante !

Tous sont morts en héros sur l'autel du Devoir.
Avec de tels soldats, qui perdrait confiance ?
Leur bravoure survit : un jour nous ferons voir
Qu'ils valent leurs aînés, les jeunes fils de France !

12 Janvier 1913.

LA GUERRE

I

VALMY

Comme les noirs corbeaux croassent à leur proie,
Les soldats de Brunswick, emportés par la joie,
     S'approchaient de Paris ;
Les restes de nos preux tressaillaient sous les dalles,
Et nos chaumes tremblaient avec nos cathédrales
     Aux éclats de leurs cris !

BIBLIOTHÈQUE R F

Croyant nos fronts craintifs, certaine la victoire,
Ils espéraient forcer les fastes de l'Histoire
Par un effort facile et par leur lâcheté ;
Le monde était en paix, ils ravivaient les haines,
Et, féroces, voulaient accabler de leurs chaînes
      La jeune Liberté !

O France, ton ciel pur se voilait de nuages,
Et l'on voyait souillés les routes, les villages,
      Des pas de l'étranger !.....
Mais en tes fils vibrait l'inaltérable culte
Qui double la vigueur des bras contre l'insulte
      Aux peuples en danger.

Alors pieds nus, fronts hauts et prestances altières,
Comme un rempart vivant, partirent aux frontières
Téméraires enfants, vieillards audacieux ;
La faim creusait leurs traits, mais, forts dans la souffrance,
Sous leurs loques battaient les vaillants cœurs de France
      Prêts à tenter les cieux !

Ils avançaient sans peur, superbes et farouches ;
La Marseillaise ardente, à leurs fiévreuses bouches,
      Brûlait ses vers d'airain,

Et splendide, emplissait, pour punir les infâmes,
Leurs veines de chaleur, leurs paupières de flammes,
Aux feux de son refrain !

Par l'ardeur qui soutient et le devoir qui mène
Le triomphal élan de cette houle humaine
Comme un fleuve en fureur arrêta l'ennemi,
Et les bruits de leurs pas, leurs charges solennelles,
Leur souffle de Titans, firent vibrer les ailes
Du moulin de Valmy !

Sous de brillants éclairs, dans une apothéose,
Par le feu, la mitraille au rythme grandiose,
L'adversaire étonné
Auréola les fronts de ces soldats sublimes :
On eût dit des démons sortis des noirs abîmes
Pour se voir couronnés !

Oh ! qu'ils étaient divins ! Oh ! qu'ils étaient épiques,
Avec leurs vieux fusils, leurs vieux sabres, leurs piques,
Ces vainqueurs sans souliers, ces héros de seize ans !
Aux balles qui sifflaient, redressant leur échine,
Les vieux braves sentaient s'ébranler la colline
Sous leurs pieds de géants !

Mais qu'auraient pu sur eux le plomb lourd et la poudre,
Puisqu'ils tenaient encor le tonnerre et la foudre
  Des révolutions,
Et que leurs bras d'acier, leur bravoure féconde,
Forçaient de comparer, pour l'extase du monde,
  L'homme libre aux lions !

Alors voyant, vaincu, que le fer ni la crainte
Ne pouvaient entamer de la plus faible atteinte
Ni leurs corps affranchis, ni leurs cœurs enflammés,
Brunswick crut au mystère, et dans sa peur secrète,
Dépité, plein de honte, il sonna la retraite
  Devant des affamés !

II

LA VOIX DE LA GUERRE

« Entendez-vous, rêveurs qui perdez la croyance,
Vers ces lointains coteaux grandis par la vaillance,
  Les échos immortels ?
Ils vous disent d'aimer mes luttes protectrices,
Quand le devoir sacré pour les grands sacrifices
  Dressera ses autels !

Ils vous disent qu'il est des élans grandioses,
Qu'il est de bons combats, qu'il est de nobles causes
Où l'acier doit jaillir du fond de ses fourreaux,
Que je rends les bras forts par ma rudesse sage,
Que je fais dans les rangs, troués pour mon passage,
D'un enfant un vainqueur et d'un faible un héros !

La mort digne des fils renonçant aux chimères
Par un pieux orgueil fait oublier aux mères
     L'amertume des pleurs ;
Où tombèrent des preux près des affûts sonores,
Au triomphe éclatant des féeriques aurores,
     Je fais germer des fleurs !

J'ai sculpté votre sol à même les royaumes,
J'ai forgé votre langue avec vingt idiomes ;
Pour entraîner vos pas, pour éblouir vos yeux,
J'ai pris votre ciel bleu, votre honneur sans souillures,
Le sang de vos soldats épanché des blessures,
Et dans ce tout j'ai mis la foi de vos aïeux !

O combats triomphants ! ô duels ! ô victoires !
Dans les rouges sillons les chocs expiatoires
     Ont célébré vos Droits,

Et des canons d'airain la bruyante colère
Opposera toujours la vertu populaire
    A l'outrage des rois !

A quoi bon des enfants, si la Patrie est morte !
J'assiste la Justice, et, fidèle, j'apporte
A l'oppresseur l'entrave, à l'opprimé l'essor !
Qu'importent les blessés, si le pays est libre !
Qu'importent les tombeaux, si votre Drapeau vibre,
Si le doigt de la Gloire inscrit des lettres d'or !

Donne, ô mère, ton fils, et ton époux, ô femme,
Et dans leurs poings vengeurs baisez la fière lame,
    Sitôt que mes clairons
Jetteront dans les cœurs l'appel pur de leurs notes
Qui donnent la bravoure à tous les patriotes
    Pour laver les affronts !

Mais si sous l'ouragan de fer, quand ma voix tonne,
Le fils, l'époux sent sa vertu qui l'abandonne,
Malgré l'ordre pressant si leur cœur reste sourd,
Epouse, blonds enfants, vous aimiez un indigne,
Et pour le déshonneur sa honte vous désigne ;
Mère, tu n'enfantas qu'un parjure à l'amour !... »

Juin 1914.

EN AVANT !

Debout ! la guerre est déclarée :
Petit soldat, mets sac au dos,
Embrasse ta mère éplorée,
Cours te faire sacrer héros !

Tranquillise ta belle amie,
Calme ses cris, sèche ses pleurs ;
Dis-lui, pour la voir raffermie,
Que seul le feu trempe les cœurs !

La France, la France t'appelle ;
Prends ton fusil, cours à sa voix :
Qu'en tes yeux la gloire étincelle,
Nous sourie ainsi qu'autrefois !

Soldat, va vite à la frontière
Arrêter l'élan prussien,
De ton corps faire une barrière,
Tirer des fers l'Alsacien !

En avant ! c'est pour la Patrie !
Dans tous les plis de son drapeau
Mets de la gloire refleurie :
Ton labeur, soldat, est si beau !

En avant ! c'est pour la revanche !
Bientôt aux tombes des aînés,
Vaincus de l'ancienne avalanche,
Nous dirons, cœurs rasserénés :

« Voici nos couronnes de chêne !
L'aigle allemand gît abattu ;
Metz et Strasbourg, rompant leur chaîne,
Reconnaissent notre vertu ! »

En avant ! c'est pour notre France !
Pour elle, la chère « Maman »,
On peut braver toute souffrance....
Sac au dos, soldat, en avant !

TABLE

I

CIEL NATAL

II

SENTIERS NORMANDS

III

AU DRAPEAU !

6645. — Verneuil, Imp. A. AUBERT.

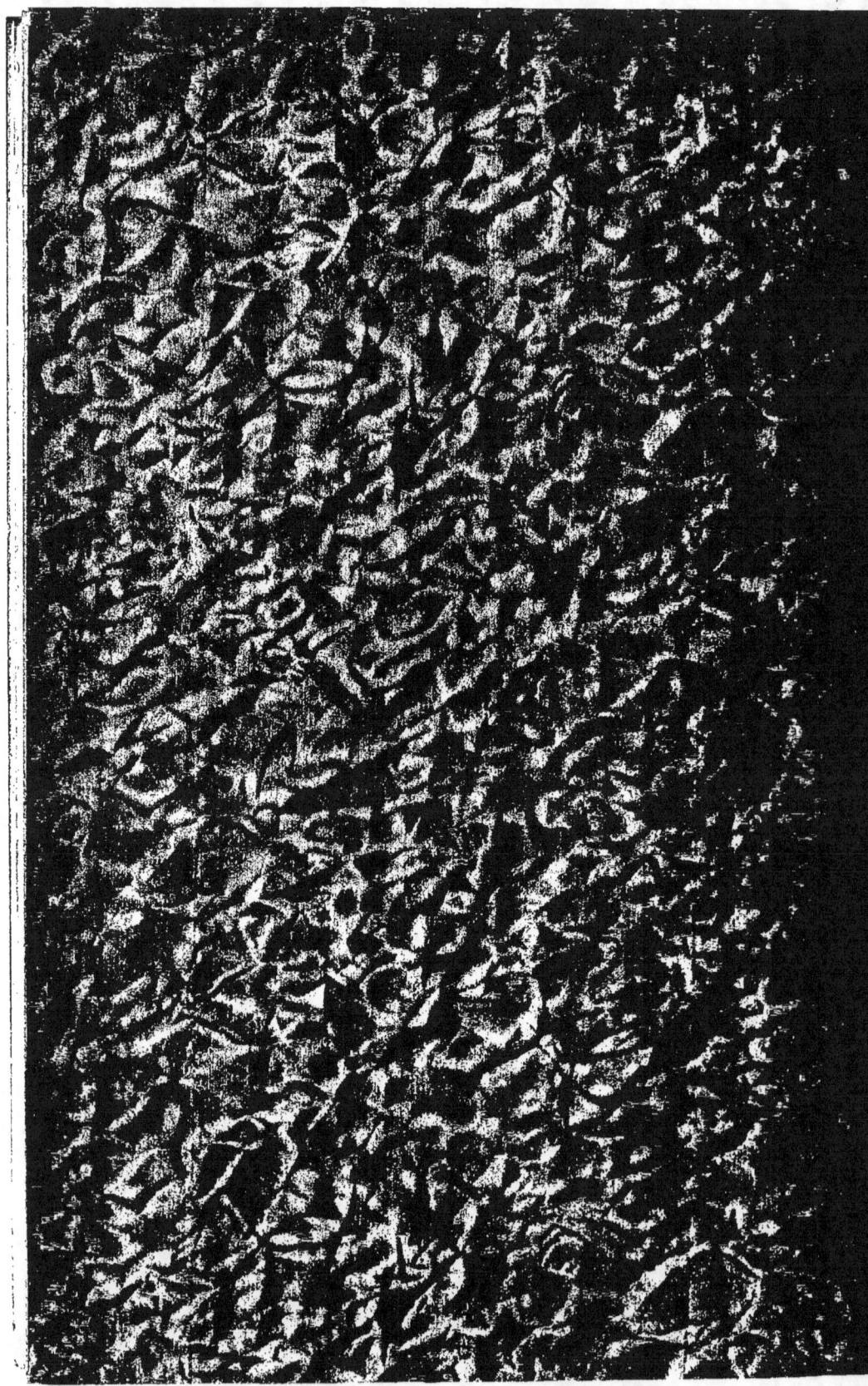

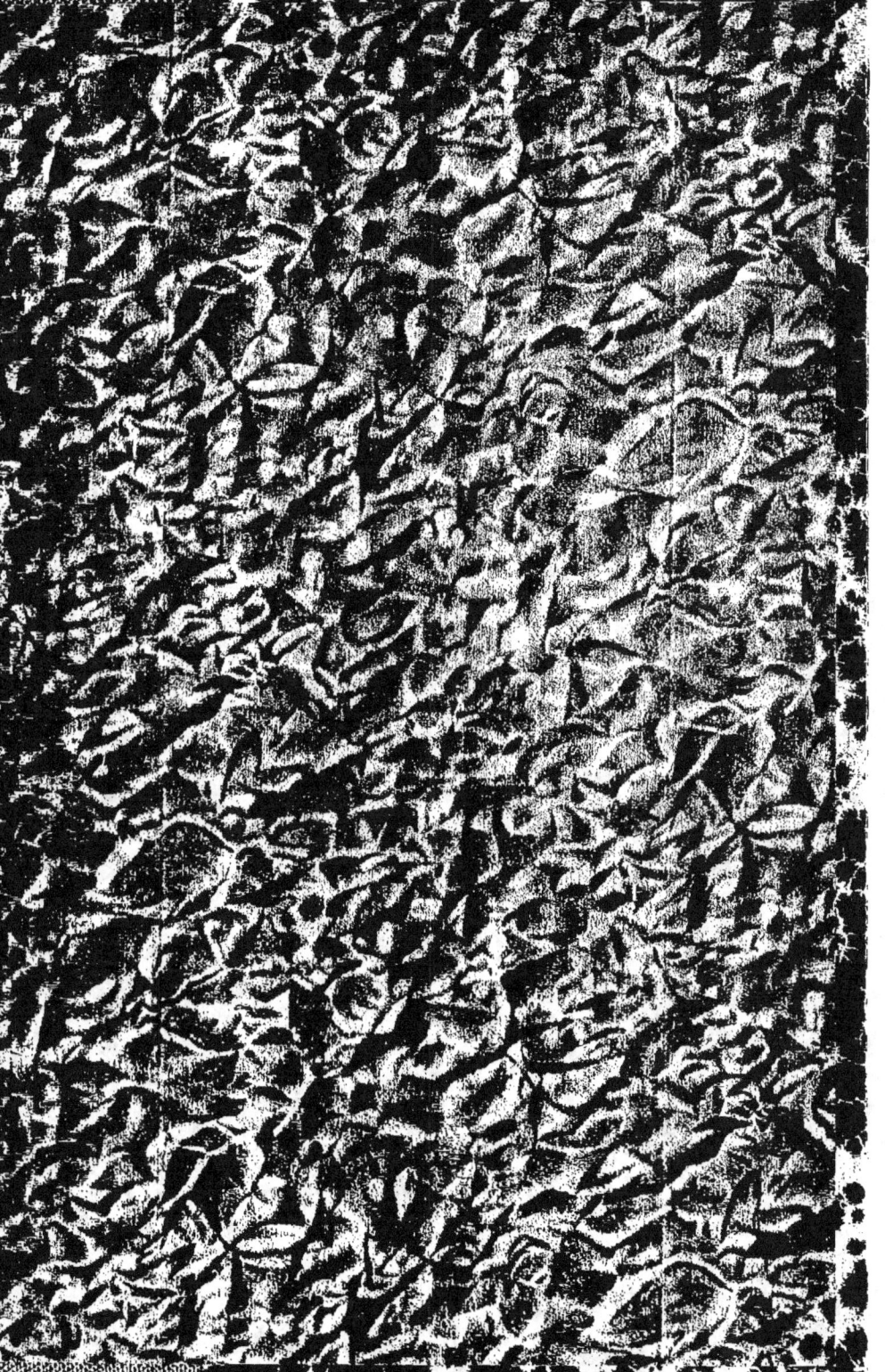

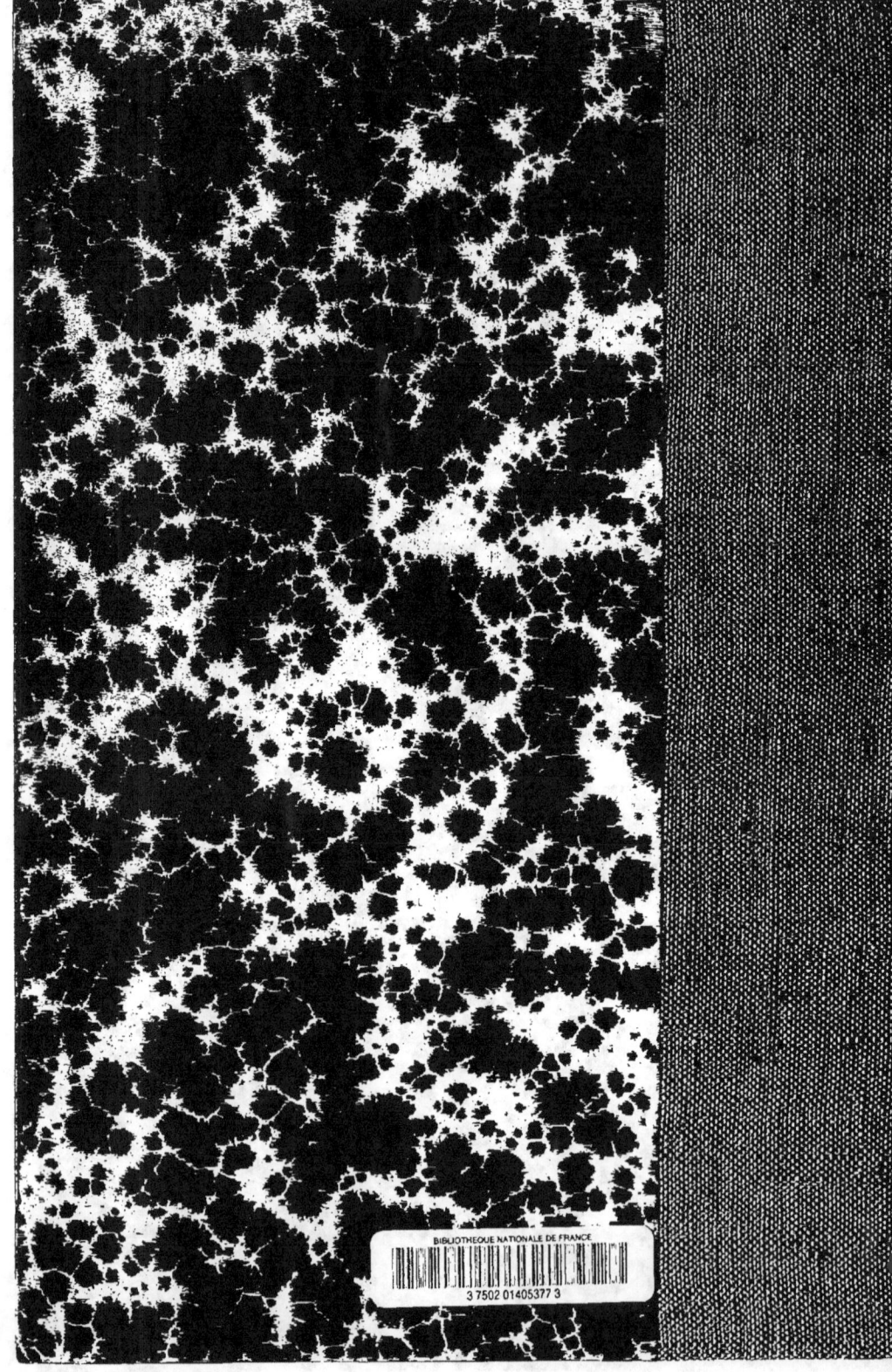

BIBLIOTHEQUE NATIONALE DE FRANCE

3 7502 01405377 3

www.ingramcontent.com/pod-product-compliance
Lightning Source LLC
Chambersburg PA
CBHW070759280626
47162CB00016B/1555